각시붓꽃처럼 터져 나오는

이정화

I

곰곰나루시인선 012

각시붓꽃처럼 터져 나오는

이정화 시집

곰곰나루

시인의 말

나는 늘 아웃사이더였다. 처음엔 사람들 속에 잘 섞이지 못하는 소심한 내 성격 탓이었고… 점차 내가 스스로 자처하게까지 되었다. 그간의 이런저런 분분함이 내게 글을 쓰도록 종용하였고 내 안에 웅숭그리고 있는 J는 나로 하여금 끝끝내 글을 쓸 수밖에 없도록 만들었다.

등단한 지 7년 만에 내는 첫 시집, 부끄럽기 그지없지만 단 한 사람이라도 내 시에 공감해 주었으면 하는 마음이다.

— 2020년 가을 이정화

각시붓꽃처럼 터져 나오는

차례

제1부

너에게는 없는 것들

얼굴 없는 얼굴

나는 내가 아니야
투명인간이 된 것 같아
당신이 어쩌다 본 내 모습은
텅 빈 속일 뿐이야
거울을 들여다봐도
내 얼굴을 알 수가 없어
나는 내가 생각나질 않아
기억이 기억을 불러 도망쳐 버렸어

마스크만 허공에 떠다니고 있잖아

우편배달부
─ 김수복의 「나에게 날아든 엽신」을 보고

무더위에 뒤척이던 밤이었습니다
어디선가 코 고는 듯한 소리
백마산이 구르릉구르릉 울리더니
침실까지 굴러 내려왔습니다

(누구지, 이 괴상한 소리는?)

잠잠히 귀를 세우니
풀벌레도 잠든 고요 속
백마산에 둥지 튼 고라니 우는 소리입니다

한바탕 욕을 퍼부으려 창문을 여니
울음은 달아나고 창밖에는 뜻밖에도
하늘 우체국에서 보내온 엽서가 반짝거립니다

"살아간다는 건 서로의 가슴에서
어둠을 꺼내 빛나게 하는 것이라고
서로의 눈이 되어 함께 걸어가는 것"이라지만

\>
살아간다는 건
사람과 사람 사이
그 간극을 견디는 것이라며
앙다물었던 시간들을 둘둘 말아서
벽장 속에 처박아 놓고는
자물통을 걸어버렸습니다

그러곤 가끔씩 생각해 봅니다
그날 밤 어둠을 깨운 고라니의 울음을
그 언젠가
벽장 속 눅눅해진
시간들을 꺼내 훌훌 털어서
말간 햇빛 아래 널어놓는 날이 오기를
어둠을 밝히는 누군가의 눈이 되는 날이 오기를

* 「나에게 날아든 엽신」(김수복 시집 『하늘 우체국』)에서

어떤 목소리

당신이 결혼하면서 나는 태어났지요 당신은 무에 그리 바쁜지 좀처럼 나를 찾지 않았어요 때때로 주방에서 밥 짓는 소리, 호박을 썰고 마늘을 다지고 찌개를 끓이는 소리들, 그 속에 간간이 당신 목소리 들려왔지요 아유, 이를 어째?라든가 찌개 맛있게 끓여놨는데 늦는다구요?라든가 내가 못살어!라며 구시렁거리는 소리들

오 년에 한 번씩은 의사에게 건강검진을 받게 했지만 그가 가고 나면 그뿐 나의 방은 어둠과 적막만이 흘렀어요 십 년이 넘어 나의 몸이 점점 쇠약해져 갈 때 당신의 목소리도 조금씩 사라져갔지요 그 목소리 완전히 사라진 후에야 비로소 당신은 나를 찾아왔어요

한참을 멍하니 바라만 보다가 살며시 내 머리를 쓰다듬어 주었지요 곧이어 나의 몸 구석구석 어루만지기 시작했지요 나는 당신의 부드러운 손길에 전율을 느끼며 파르르 몸을 떨었죠 그리곤 숨을 가다듬고 목소리

를 내기 시작했어요 가늘고 느린, 높고도 청아한, 굵고 우렁찬 목소리까지…

그날 이후로 당신은 나를 자주 찾아왔어요 점점 뜨거워져가는 당신의 손길에 나는 기쁨으로 온몸을 부들부들 떨기까지 했지요 그런데요… 그런데 말입니다, 당신의 목소리 사라졌으니 이제는 당신 대신 내가 말해야 할까요?

당신의 바깥

빈방의 TV가
웅얼거린다
텅빈 냉장고는 혼자서
신음소리를 냈다
당신 없는 베개는
저절로 메말라버렸다

나는 색깔 없는
영화를 보거나 생기 없는
원두를 갈아댄다
내게서 튀쳐나와 날아다니는
책의 문장들을 냉동실에
가두어버린다

당신은 모래먼지
사막으로 떠나갔다
나는 언제나 당신의
바깥에 있었고

당신은 항시 나의
안에 있었지만

죽어가는 책장 사이로
당신의 향기가 살아서
돌아다닌다

향기가 내게 묻는다

목소리는 없는데
왜 메아리는 남는지

컴컴한 무덤 속이
어떻게 더 환한 것인지

비협화음

― 내 목소리가 보이니?

목소리를 쓸어가는 앙칼진 바람

타박타박 떨어지는 빗방울

목소리를 삼키는 구름덩이들

때때로 목소리는 종달새의 가느다란

발가락 사이로 새어나가기도 해

나는 목소리 그리고 싶어

목소리 크으게 그려본다

아~~~~~~~~~~~~~~~~~

저만큼 멀리서 목소리를 바라봐

그러면 보일 수도 있잖아

― 목소리는 안 보이고 문소리는 보여, 쏘리

소록도

나는 무엇입니까

성근 별입니까
눈먼 랑랑입니까
서늘한 달빛입니까
과녁 없는 화살입니까

바다는 있는데
하늘은 없는

나는 정녕 무엇입니까

기타

유리는 부서져 가루가 될수록
더욱 빛이 납니다

부서진 유리는
나의 온몸에 촘촘하게
박힙니다 박히고 박히어
불타오릅니다

기타의 통곡은 자스민처럼
어지러운 향기를 뿜어내고
초록 양복을 입은 곡예사가 되고
밤하늘의 노란 풍등이 됩니다

아침을 잃어버린 오후*처럼
나는 그저 당신 곁을 서성일 뿐

발끝에 피가 철철 흘러도
춤추는 자신마저 잊어버린
발레리나를 꿈꾸어 봅니다

* '아침을 잃어버린 오후' : 로르카의 시 「기타」의 구절.

21

이카로스의 날개*

그때 나는
이제 막 검은 울음 터트리는
올리브나무가 되었다

그 소리에 소스라치는
팔다리들 축축한 땅바닥을
뱀처럼 기어간다
뱀이 춤을 춘다
축제를 벌이는 식인종처럼
축축한 땅바닥은
그들의 무대
무대 중앙에 타오르는 불꽃
불꽃 아래로
어른거리는 그림자여

보라색의
아찔한 몸을 입은 여인이여

달리는 구름이 달의
허리를 베며 지나가듯
이 캄캄한 밤의 장막을
단칼에 베어버려라
그러고는 하늘을 열고
치솟아올라라
저 하늘의 태양까지

* 이카로스는 그리스신화에 나오는 다이달로스의 아들로, 다이달
로스가 만든 날개를 달고 미궁을 탈출하던 중, 아버지의 경고를 무
시하고 더 높이 날려고 하다가 에게해에 빠져 죽음.

뿌리

푸른 선율의 땅에
뿌리내리고 싶었네

고향집의 알토란 같은
붉고 찰진 흙
하늘에서 떨어지는 칼금
장엄한 선물 같은 빗줄기

땅 언저리에 맺힌 이슬방울
연한 담뱃잎의 촉촉함
떡갈나무의 냄새
여인의 숨결 같은 바람

자연은 굳게 입을 다물고
그저 깊어지고 있었네

살고 싶지 않은 생이란
살고 싶지 않았네

>
하늘과 땅 사이
그 순전한 영혼의 뿌리에
불을 지피고 싶었네

스플리트*의 우물

나는 태어날 때부터 개구리였다
디오클레티아누스*는
이미 알고 있었을 것이다
어쩌면 스플리트는 미래에 주는
어떤 계시였는지도 모른다

스플리트의 특별한 곳,
황제 알현실이라는 이곳은
벽이 돔 형식이고
천정은 동그랗게 뚫려 있다
그 구멍을 통해 하늘이 보이고
둥둥 떠가는 구름도 보인다
우물 속에서 하늘을 바라보던 나는
졸지에 우물 안 개구리가 되었다

사진을 찍어대는 노란 개구리
어깨동무를 한 검은 개구리 개구리들
제각각의 목소리로 떼창을 한다

개굴개굴 와글와글
개굴개굴 와글와글

구토가 나오고 현기증이 일어난다
점점 숨이 막혀온다
참을 수 없어 비척비척 나와버렸다
강과 권이 놀라서 따라나온다
나는 서둘러 들어간 카페의
소파에 드러누워버렸다

까톡! 소리에 깜짝 놀라 일어나 보니
개꿈인가? 아니지, 개구리꿈이다
누워 잠든 사이 권이
내 몸을 손으로 받치는 시늉을 하고
사진을 찍어 놓았다

사진이 말했다
"여기를 좀 보세요,

자기가 개구리인 줄도 모르고
사람인 척 잠들어 있어요"

* 크로아티아 달마티아 지방의 한 도시인 스플리트는 아드리아해
에 연해 있으며 거기에 디오클레티아누스 황제의 궁전이 있다.
* 로마의 디오클레티아누스 황제는 305년 스플리트에 궁전을 건
설, 퇴임 후 이 궁전에서 여생을 보냈다.

벗

벗꽃 핀다 함께 웃어주어서

벗꽃 진다 같이 울어주어서

벗은 얼굴 부끄럽지 않아서

벗은 어깨 토닥거려 주어서

벗은 발로 뛰쳐나가 껴안는

벗도 하나 없이 사는 생이란…

백미러

속도 속에서 살았다
천천히 걷지 않고 달려왔다
조급히 서둘러온 삶처럼
2단에서 3단 기어를 넣고
속도를 높여 길을 달려왔다

길은 속도 속에서 이어졌다
무엇이 치였는지 바퀴가 덜컥하였다
상단 기어를 넣는 순간
흔들리는 백미러 속에서
앞만 보고 달려온 길들이 가로수처럼
휙휙 뒤로 물러났다

아스팔트가 밤하늘 별똥별처럼
흐린 꼬리를 달고 사라진다
속도 따라 길이 휘어지며
납작한 가자미눈처럼 흘기고 지나갔다
이미 벗어나 조종할 수 없는 시간들이

굽이치며 흐르는 능선처럼
나를 적신다

아니다
그것들은 느닷없이 불덩이로
솟구쳐오르며 나를 담금질한다
광폭하게 나를 벼린다

아니다, 그것들은
부끄러움이 아니다
내가 나의 많은 나들을
토해내는 것이다

내가 나의 숱한 나들을
후려치는 것이다 발가벗겨
단두대 위에 세우는 것이다

통장이 흐른다

구멍 난 통장을 생각하노라면
허기가 진다

사람은 바닥을 보는
눈이 있어야 하능기라
구멍을 찾았다 싶으면
냅다 찔러 뿌러야제
안 그라믄 내가 당해뿐다 아이가

그러나 찌르기는커녕
내가 찔릴까 두렵고
행여 누가 눈치라도 챌까 봐
뒤로 숨기 급급하다

가진 것 하나 없이
까맣게 쌓인 나날들
붉은 와인에 취한 시간들이
검은 피로 흐르고

\>
밑 빠진 독처럼
배고픈 통장이 흐른다
시도 때도 없이

씨릉씨릉 운다

하이에나

세상은 언제나
네게 말을 걸어왔다
끊임없이 썸벅거리며
째근거리며
빛살을 뿌리며

온갖 소음으로
수런거릴 때도
세상은
오히려 침묵으로
말을 한다

그러나 너는 마치
귀가 없는 듯이
코만 킁킁대며
마른 땅을 핥아 간다
형체도 없이
찢어진 시체를

허겁지겁 물어뜯는다
입에는 재갈이 물리고
사지는
쇠사슬에 묶인 채

오, 그대
곤고한 자여
이제는 깨어날 시간
재갈을 풀고
일어나 울부짖어라
너의 사지에
묶인 쇠사슬을 끊어버려라

그게 아니라면
울먹이는 너를
울컥대는 너를
불구덩이 속으로 던져버려라
차라리
차라리 불꽃이 되거라

마스크팩

당신은 나를 감싸안고
나를 짓누른다 숨통을 조여온다

허나
당신을 죽이는 길이
내가 사는 길이기에 나는

당신을 해치우기로 한다 살의가
시퍼렇게 솟구쳐오른다

뻐꾸기 소리만이
간헐적으로 들려오고

백마산 산자락 아래
숨죽인 혈전이 벌어진다

당신은
귀신풀처럼 엉겨붙어

결코 떨어질 생각을 않는다

나는
당신의 향긋한 얼굴을
매끄러운 목덜미를

물어뜯는다 끈적끈적한 피를
사정없이 빨아먹는다

뻐꾸기 소리 잦아들자
우리의 싸움도 끝이 났다

그래,
드디어 나는 당신을 해치웠다

매일 매일 당신을 죽이는
이토록 유쾌한

너에게는 없는 것들

나에게는
길고양이를 품어주는 넉넉한
팔이 있다

목 끝까지 채운 단추처럼 완고한
손가락이 있다

수달의 귀여운 콧수염이
비치는 깊고 어두운
눈동자가 있다

겨울에만 찾아오는 도요새와
강물을 거슬러 올라가는
연어를 순식간에 낚아채가는
손목이 있다

개밥바라기와 별똥별
나무이파리의 날개를 먹고 사는

심장이 있다

너를 빨아들였다가
단숨에 삼켜버리는 뱀처럼 달콤한
혓바닥이 있다, 나에게는

호루라기

차들이 정지선에 서 있었다 신호등이 푸른빛으로 바
뀌고 나서야 건널목을 건넜다 등 뒤에서 호루라기 소
리가 났다 건널목을 건너면서 갑자기 조급해진다 아무
잘못도 없는데 주위를 살피고 자꾸 뒤를 돌아다본다
건널목을 다 건넜는데도 호루라기 소리는 호르르 호르
르 자꾸 나를 뒤따라왔다 그때 어디서 갑자기 나타난
고양이 한 마리 두 눈에 불을 켜고 나를 힐끔거리며 재
빨리 몸을 숨겼다

제2부

바다를 떠나고 나서야

거미와 물고기

거리는 공습경보에 걸린 듯 텅비어 있었다 건물 안 검은 마스크들은 컨베이어 위의 참치통조림처럼 움직이고 있었다 우리들은 서둘러 식당 안으로 들어섰다 두세 테이블씩 떨어져 앉은 그들은 마스크를 목에 두르고 허겁지겁 먹거나, 마스크를 쓴 채 우물우물 씹어 삼키고 있었다 또 어떤 마스크는 생각지도 않았던 제사상을 받는 듯이 멀뚱멀뚱 바라만 보고 있었다 나는 마스크들의 기이한 모습에 두려움을 느꼈으나 아무렇지도 않은 척했다 우리들 중 누군가가 거대한 거미를 두고 황혼의 그림자라 했고 또 누구는 여명의 눈동자라 했다 나는 동의도 반박도 못한 채 검은 물고기를 생각했다 '검은 바다 속의 검은 물고기들은 어떻게 살아가고 있을까… 자신이 검은 물고기가 된지도 모른 채 살아가고 있을까, 검은 바다라도 기꺼이 껴안으며 살아가고 있을까… 아니, 어쩌면 시체의 부유물처럼 배가 뒤집힌 채 떠다니고 있을지도 모른다…' 나는 배가 뒤집힌 물고기를 떠올리자 구역질이 났지만 이내, 지금 당장은 뭐라도 먹어야만 한다는 생각에 빠져들기 시작했다

바리케이트

커브를 돌 때마다
핸들이 풀리는 만큼씩
바다는 풍경 밖으로 달아났다

가슴속 무수한 죽음을 품었다
주검을 토하며 쓰러지는
새하얀 도미노의 파노라마
무색한 발끝을 바라보며
스르르 사라진다

난들 그러고 싶었겠어?
바다를 떠나고 나서야
바다가 아니었음을 알게 된 걸

방파제 뒤로 웅성이는 간판들
막퍼줘횟집-꽃게1키로에 오징어회 한접시 무료
또와요건어물-오징어 한축에 미역 한봉지 써비스
하얀성모텔-쉬었다가는데 단돈 이만원

>
문어보다 흐느적거리는 언어들
은어처럼 매끄러지는 언어들
언어들을 가뿐하게 제친 침묵의 눈동자들
여기저기 힐끔거리며 눈치를 본다

방파제 앞 바다는
새하얀 발끝은
한 발짝 살았다 두 발짝 죽으며
서서히 멀어져 간다

폭설

자작나무가 떼로 몰려 있다
버팀목을 댔던 각목 모서리가
삭아 내려앉아 있다

설산이 우는 소리가 되울려 온다
껍질이 벗겨진 자작나무들이
압박붕대를 감은 하얀 손처럼
피에 젖은 플래카드를 들고
소리치고 있다

아득한 날을 한 발짝도 물러서지 않고 부딪쳐온
정령들의 끝없는 절규
절망의 무게를 이기지 못하고 휘어진 꿈들이
앙상한 뼈를 드러내고
눈에 파묻혀 있다

보이지 않는 눈발 속으로
횃불이 지나가고 있다

아무도 물리칠 수 없고 피할 수도 없는
절체절명의 곤경을
설산이 부둥켜안고 소리치고 있다

모든 더러운 것들을 일순간에
백색으로 뒤덮어버리는 폭설이
온 세상에 내려져 있다
고립된 나무의 형형한 눈빛처럼

하오의 기도

일요일 하오
햇살이 사선으로
교회당의 벽을
넘어가고 있었다
구름은 아기 엉덩이처럼
둥둥 떠 있었다
파리 뒷골목은
적막하기만 했다

교회당 앞에선
벙거지 모자를 눌러쓴
집시 사내 하나
거적때기를 깔고 누워
간절히 간절히
수음을 하고 있었다

비명

하얀 파도 처박힌다 모래 둔덕에

박히면서 부서진다 토막이 난다

하얀 입술 잘리면서 스러져 간다

생을 느낄 시간조차 너무나 짧아

죽어가며 소리친다 외마디 비명

저어기 저 검은 바위 쑤셔 박힌다

이리 뒤척 저리 뒤척 몸부림쳐도

제 몸속에 새겨지는 퍼런 문신을

혼자서는 포박된 생 어쩌지 못해

갈매기도 질러대네 단발마 비명

플랑크타이*

밤이 하늘을 스케치한다

밤하늘은 별들의 묘지
새까만 묘지에 묻혀
더욱 반짝이는 섬
헐떡거리는 숨결처럼
노랗게 질린 섬, 섬들

죽고 나서야 비로소
자유로워진 살덩이

죽은 자들의 영혼은
플랑크타이처럼
밤바다를 떠돈다
웅웅거리며
은하수를 썼다 지운다

첨탑의 꼭대기에 서서

제를 올리자
비에드마* 빙하의 바람이
하얀 이마를 날쌔게 할퀴고
지나가며 뒤돌아본다

* 플랑크타이 : 그리스신화에 나오는 표류하는 바위.
* 비에드마 : 아르헨티나의 호수.

제주 오름 명상

　높이 올라갈수록 바다는 솟아오른다 수천만 년 전
분출된 용암이 아직도 그대로 남아 있다 제주 오름을
타는 사람들이 쇳물처럼 구부려져 늘어섰다 폭발한 화
구 흔적을 지나 쉬멍 놀멍 걸으면서 생각에 잠긴다 묵
언으로 수평선을 등지고 올라간다 성산일출봉 아래 논
밭이 초록보자기처럼 엎드렸다 바람이 갖가지 난고처
럼 억새를 흔든다 파란 물결이 몰려온다

　억새 사이에 치솟은 하얀 들국화가 환하다 분화구에
동전을 던져넣은 사람이 꽃잎처럼 공손히 두 손을 모
은다 거친 바람이 파도처럼 몰려와 자지러진다 뛰멍
보멍 올라가다 보면 멀리 있는 우도가 수묵으로 뜬다
미역냄새 같은 비릿한 바람이 가슴을 파고든다 낯선
이에게 묵언으로 대답하는 곳 길들여지지 않은 야생마
가 뛰고 있다 하늘에서 바다로 빛줄기가 쏟아진다

늦장마

빗살들이 떼로 몰려와
온누리를 얼르고 적시며
서로 얼싸안고 뒹군다
고향집 빨간 기와지붕 위에서도

가장 낮은 땅조차
삐뚤빼뚤 고랑을 파고
물푸레나무 잎사귀들
비명을 질렀다 잠잠했다 한다

지루한 빗줄기 저 홀로 사그라들고
갈바람이 화답하듯 이파리들 살랑이면
문밖에 선 보랏빛 가을이 다소곳한 자태로
똑똑, 문을 두드린다

고인돌

도대체 왜 그랬어?

당신에게 묻기도 전에
당신은 이미 당신을 묻었다

천길 깊은 어둠속에서
울음 한 방울도 새지 않게

어떤 고통도 어떤 절망도
싹틔우지 못하게

그 누구도 들춰낼 수 없이
무거운 세월 꾹꾹, 누르고

수천 년을 한결같이
온몸으로 엎디어서

그렇게 당신은

당신을 묻었다

모든 것이 너무 늦어서
이제는 돌이킬 수가 없다

늦었다고 생각할 때가 가장
늦었다는 걸 이제야 알았다

적설의 밤

눈보라에 찢긴 나무들이
비탈에서 버팅기고 있다
감당할 수 없는 무게를 털어내어도
밤은 눈에 파묻히고
엄습하는 한파를 피해갈 수 없었다

경계경보를발령합니다경계경보를발령합니다

다급하게 울리는
공포의 시간
세상으로 이어진 길은 마침내 끊기고
높고 낮은 집들은 눈에 파묻혀
적막한 묘지처럼 멀어지고 있었다

다가오는 새벽을 한 발짝도
물러서지 않고 부딪쳐온
험준한 준령의 끝없는 절규
부러진 소나무들이 압박붕대를 감은

발목처럼 구릉에 누워 있었다

감당할 수 없는 극한상황에서
동상의 발가락을 잘라내고
면벽 수행하는 강골의 정신
얼음 속에서 살아난 불씨는
오래도록 꺼지지 않는다

경계경보를발령합니다경계경보를발령합니다

새 한 마리 얼씬거리지 않는
백색의 공간 속에 묶여 있는 사람들이
고집스럽게 버텨내는 근성이
바늘구멍만 한 시간을 통하여
제 몸의 응달진 곳에
칼금을 음각하고 있다

무청 시래기 같은

블레드호수에는
지중해의 태양 아래
알몸으로 누워 있는 남자
조개껍데기처럼 붙어 있는 여자
세상에 오로지 둘밖에 없다는 듯
키스에 몰두한 연인도 있다

호수 위로 천둥오리 두 마리 떠다닌다
한 놈이 이쪽으로 가면
다른 놈이 쪼르르 쫓아가고
저쪽으로 가면
또 쪼르라니 뒤따라간다

사랑이란 게 본디 그런 것인가
저들처럼 가는 길이 어디건
따라가 주는 그런 사랑을 해보았던가
그게 아니라면
말라비틀어 죽기까지 모조리

내어주는 무청 시래기 같은
사랑이라도 한번 해보았던가

큰숨을 내쉬며 올려다본 하늘엔
해오라기 구름이
나른한 태양의 오후가
흐느적거리며 흐르고 있었다

발톱 세운 오른발을 들어

여태껏 절뚝거린 나날들이
곤혹스런 웅덩이마냥 고이고

갈바람 서걱한 얼굴엔
생기 없는 눈동자만 남았다

벌써부터 잔뜩 움츠린 산등성이
수척해가는 나뭇가지들

죽음이 오기 전 마지막 몸부림인 듯
오장육부 끄집어내 찬란하게 절규하다

마침내 땅 속으로 땅 속으로
온몸 던지는 빛바랜 이파리들

이순을 앞둔 가을은
발톱 세운 오른발을 들어
느닷없이 할퀴는 고양이다

광장

　정오 무렵 역전광장엔 발목이 시린 비둘기가 모여든
다 눈 위에 찍힌 발자국이 희미하다 발목이 낚싯줄에
감겨 절뚝거리는 놈도 있다

　가로수처럼 밥줄이 길게 늘어서 있다 광장을 내려다
보고 있는 시계탑을 사람들이 자꾸 올려다본다 모두
표정 없는 짐승처럼 멍하다

　허기가 밥 냄새처럼 퍼진다 두고 온 아이의 손처럼
밥그릇이 따뜻하다 밥숟가락이 휘어져 있다 가슴속에
서 검은 비닐봉지가 날아오른다

　고향으로 가는 기적이 운다 바람은 역전광장 지하바
닥에서 라면박스를 덮고 잠이 든다 간밤엔 노숙자 한
사람이 얼어죽었다 비둘기똥들이 노숙자의 잠자리처
럼 얼룩덜룩하다

백야

낙타의 뼈가 묻힌 백야의 사막에
모래바람이 지나간다
모래가 까마귀 떼처럼 흩날린다
밤을 낮처럼 옮겨놓는 사막은
원래 낙타의 길이었다
사막의 능선에 걸린 달이
낙타 등에 매달린 수통 같다

달이 한모금의 물을 마신다
길게 누운 그림자를 따라
모래가 죽음처럼 흩날린다
밤이 어두워지지 않고 대낮 같다
수천 년 기둥들이 해골처럼
하얀 뼈만 남아 있다

아득한 모래언덕에 신기루가 떠 있다
모래는 모래로 쌓여 있지 않으려고
백야의 구릉처럼 움직인다

보이지 않는 작은 것들이 한데 모여서
거대한 힘을 이루기 위해
불을 끌어안고 신음하는 사막은
눈부신 태초의 빛을 발산한다

저 모래가 화석이 되기까지
저 까마귀가 석양이 되기까지
태양은 영원히 낙타의 길을 걸어간다
들끓는 열사를 등지고
씨앗처럼 모래를 뿌려놓는다
보석처럼 석양을 뿌려놓는다

세설원의 고양이

가을볕은 섬섬옥수로 뽑아낸 촘촘한 명주실처럼 너무 과하지도 않고 그렇다고 야박하지도 않아서 좋다 세설원 입주 첫날밤을 보낸 다음날 오후, 가을볕 호사로운 마당으로 나가보았다 마당 중앙에는 수십 개의 장독들이 열차렷하고 있다 간밤에 비어 있던 내 방에서 손님을 맞이하는 듯 떡하니 주인행세를 했던 고양이가 이번에는 장독대 앞 잔디에 드러누워 장군행세를 한다

녀석 앞에 나도 쭈그리고 앉았다 내가 녀석을 주시하는 걸 눈치챘는지 녀석이 슬몃 일어나 내 곁으로 온다 녀석은 나를 스캔하듯 내 주위를 두어 번 돌더니 내 앞에 바짝 붙어 앉는다 그러곤 자그만 볼때기를 내 무릎에 문지르며 애교를 편다 내가 미동도 않자 한쪽 손을 내 무릎에 올리며 악수를 청한다 그래도 모른 척하자 이번에는 뒤로 가 등에다 기지개를 켜듯이 두 손을 쭉 뻗어 올리며 업어달라 한다

이리저리 나를 툭툭, 건드려도 여전히 나는 가만히 있는다 녀석은 시큰둥한 얼굴로 털레털레 걸어간다 그리곤 수십 개의 장독대를 호위병 삼아 가을볕에 온몸을 사윈다 거기가 본디 제 자리라는 듯…

살인의 밤

그대는 잠들고 나는 울었어

울다가 울다가 지쳐 있을 때

어디선가 마고할멈 나타났었지

할멈의 눈빛이 슬퍼 보였고

메마른 한숨은 바람 되었어

하늘은 캄캄하고 별은 없었지

할멈이 내게로 다가오는데

발걸음 하나에 쿵, 소리 하나

행여나 그대 다시 깨어날까 봐

그대의 눈과 귀를 가려주었지

이대로 영원히 잠이 들기를…

밤은 깊었고 어둠은 차갑고

나는 울었고 그대는 잠들고

동지

하늘은 결코 말을
허락하지 않았지요

이따금씩 휘슬을 불며
엘로카드나 블랙카드를 내밀 뿐

눈먼 태양은 황급히 지평선 끝으로
달아나며 수척한 빛살을 던지고요

높바람은 팔이 다 잘려 나간
물푸레나무에 울려 울려 퍼지고요

구름일랑 이 깊은 어둠을
새하얗게 지새웠지요

바람

바람은 연보랏빛 갈망이지

각시붓꽃처럼 터져 나오는 그리움이지

흔들리고 싶지 않지만 흔들리게 되는 미움이지

마침표를 찍고 싶어도 말줄임표가 되고 마는

그대의 황망한 그림자인 게지

겨울 직소폭포

얼어붙은 폭포에는 소리가 없다
누가 엎드려 물소리를 듣는가
절망한 귀의 저 어두운 눈빛
낙하하는 것들이 다시
날갯짓을 꿈꾸고 있다

단호한 결의로 뛰어내리던 직립의 힘은
이제 침묵으로 소리치는가
천만 갈래의 찢어진 소리들이
허옇게 이를 악물고
절벽에 걸려 있다

무리를 지어 주위를 제압하던 함성
얼음은 얼어 터지면서 쩡 쩡 소리를 낸다
흐르지 못하는 소리는
근원을 알 수 없는 물처럼 깊어지다가
어둠속에서 한 발짝씩 금이 간다

면벽수행자여
단식 묵언으로 얼음을 꿰뚫어라
소리없이 수직으로 떨어지는 소리들을 끌어당겨
천상까지 높다랗게 얼음기둥을 세우라

제3부

장미의 시간

바깥이라는 말

바깥이라는 말, 참 좋아
안이 아니면서 안을 품어주잖아
안에 무엇이 있건 감싸주거든
바깥에서 안을 보는 것도 그래
안에서 안을 보면 잘 보이겠냐구
바깥에서 안을 봐야 더 잘 보이지

'바깥'이라고 말을 한번 해봐
'안'은 안으로 웅얼거려지지만
'바깥'이라고 말을 하면 그 소리가
안을 돌아 나와 사방을 환하게 틔워주잖아
안에 갇힌 말들이 모두 튀어 나와서
하늘로 날아오를 것 같지 않아?

아하, 참말로 좋아 바깥이라는 말

마네킹

너도 쇼윈도 마네킹처럼 우두커니 서 있겠지? 누가 가로등 불빛에 갇힌 나를 꺼내주겠니? 내가 안간힘을 써도 벌써 길은 진흙탕을 이루고 나는 유리 안에서 하얗게 굳은 몸이 되어 있겠지?

예고 없는 폭우가 쏟아져
하수구 물이 역류하고

캄캄한 가슴에는 번개가 쳤지 나는 유리창 너머로 나와 똑같은 얼굴을 내보내고 창백하게 웃었어 너는 검은 우산을 쓰고 침울한 표정을 지었어 움직이지 못하는 팔을 누가 부축해줄까? 울음조차 없는 그림자가 빗물에 어른거리고

너는 헛웃음을 치면서 고개를 숙인 채 묵묵히 걷기만 했어 가려진 얼굴 뒤로 날카로운 창을 숨기고 있단 걸 그 누가 알까?
겉으로 보기엔 유리 속의 내가 참 예뻐 보였지?

>

거리를 나설 때 화려한 네온이 비단처럼 번쩍거렸어
숨겨진 얼굴 뒤로 위선이 흘러내렸어 그 형상에 길들
여졌을 때

천둥소리 참아온 날이 맑아져
넘쳐났던 강물이 제 모습을 찾고
노을이 따스하게 덮어주던 날

가뭇없이 한 주일 내내 쏟아지던 비가 뚝 그쳤지
쇼윈도에 갇힌 마네킹은 새로운 유행을 걸치고 유혹
해도 행인은 힐끔거리며 그저 지나칠 뿐

폐차장

더이상 달리지 못하는 종점
속도제한구역 턱을 넘어가던
자동차 바퀴들
오늘은 어제처럼 달려가고
내일은 또 오늘처럼 달려갈 것인 양

불이 꺼진 헤드라이트는
다 닳아 터진 타이어처럼
쓸모없이 된 엔진부품처럼
살점 없는 앙상한 뼈대만
남아 있다

엔진오일이 흘러내린 곳
잡초가 무성하고
산 것처럼 살지 않고
무작정 살다가 갑자기
속도를 멈춘 무덤이 보인다

죽음처럼 찾아오는 저녁안개
이제는 힘이 다 빠져
고철더미에 털썩, 주저앉는다

모나리자의 미소

참으로 예의바른
세상이야

눈과 귀가 밝은 자는
서둘러 사냥을 떠났지만
곰은 이미 오래 전에
멸종되어 버렸어

상냥한 검은
빛 좋은 개살구
우아한 돼지들은
지팡이 하나로
초록별을 집어삼켰어

시인은 부패한
은유를 짓지만
하나님이 보우하사
전지전능하신 신은

깊은 잠에 빠졌나 봐

아마도 축제는
벌어지지 않을 걸

물결

그대는 보았는가 저 빛의 물결들을

주름진 얼굴에 휘어진 허리
어매 등에 업혀 휘둥그레진 두 눈동자
별안간 잿더미가 되어버린 책가방들
밤하늘의 별처럼 거리를 수놓는다

부패한 미소로 일관하는
모른다는 말만 하는 앵무새처럼
'도대체 이게 무슨 꼴이람?'
황급히 떨어지며
지평선 뒤로 숨어버리는 석양

너희는 아느냐
부표 하나 없는 검은 바다를
홀로 표류하는 두려움을, 그 고통을

고통의 촛불 하나가 뻐얼건

빛의 물결을 이룬다
촛불은 거대한 횃불이 되어
광화문에서 서울로
서울에서 온 나라로
울려 울려 퍼지며
활활 불타오르는데

그대는 보았는가
저 빛의 물결들을

소금기둥

돌아보면 안 되는 것이었다

천둥소리는 대지에 내리꽂히고
번개는 하늘을 갈기갈기 찢어놓았다
거센 비에 대지는 출렁이고
휘몰아치는 바람은
천년의 시침을 돌려놓았다

태양은
하늘과 땅 사이에
거대한 돋보기로 초점을 모아
사막의 선인장을 불태웠고
낙타도 그만 무릎 꿇고 고꾸라졌다

아마존 악어는
제 몸보다 더 큰 버팔로를
순식간에 낚아채서는
미친 듯이 흔들어댔다

제 몸이 누구의 입 속으로
들어가는지도 모르는
버팔로의 눈이
허공에서 흔들렸다

저 찬란한 광기의 순간을
저 눈부신 어둠의 그림자를
끝끝내
돌아보지 말았어야 했다

오후 3시의 시계

발걸음은 초조하게 시간을 다툰다
분침보다 초침이 빨리 뛴다
아무리 발버둥을 쳐도
하루를 벗어나지 못한다
배가 홀쭉한 개미들이
시멘트바닥 틈새로 기어나온
지렁이를 뜯어먹고 있다

새까맣게 말라죽은 개미의 시간들
저녁노을에 걸려 있는데
시계는 오후 3시에 멈춰 있다
하루에 8만 6,400바퀴를 돌아야 하는
초침이 죽어 있다
똑같은 내일 또 내일이 기다린다

나는 멈춰 선 시계를 힐끗 본다
시계는 멈춰 있어도 시간은 계속 쫓겨 간다
개미들이 먹이를 끌고 집으로 가는 사이

시계가 녹은 엿가락처럼 축 늘어진다
어제 돌아갔던 집으로 다시 가야 하는
시간은 내 몸의 수십 배나 되는 무거운 짐을 지고
죽음에게 이끌려 간다

어둠이 짙어질수록 나는 초조해진다
자정이면 더 애타는 소리가 난다
암 환자처럼 불안해진 초침은
조금 남은 시간을 필사적으로 갉아먹는다
벌레들이 기어다닌다
시간은 멈추지 않고 한 발짝 한 발짝
뒤로 물러선다
나는 자꾸만 시계를 본다

중독

내가 가지고 있지만
여태 한 번도 내 것이었던 적이
없었던 돌 하나

하얀 돌을 조금씩 갉아먹는
푸른 이끼를 이내 불태웠지만

덮쳐오는 잿빛 안개에 눈은 멀고
나는 이끼에게 중독되고 말았다

중독이란 자스민 향기처럼
매혹적인 것 잔인하게 싹둑
자르지 않으면 혹독한 암을
잉태시키는 것

어머니의 죽은 나무둥치에
방울방울 끓어오르는
샘물 같은 기도를 한다

>
생각에 잠긴 우물의 뚜껑이 열려
가늠할 수 없는 밑바닥까지
두레박을 떨구고

나의 돌이 하얀 벌거숭이 되어
윤기 반짝이는 그때에

비로소 편히 잠들게 되기를

늪

장마에 쓰러진 느티나무는
다시 일어서려고 하지 않는다

젖은 소리에 귀를 묻고
천둥은 위험수위를 알리며
붉은 경계선을 긋는다

스토커처럼 따라붙던 비가 그치고
느티나무가 조용히 누웠다

오늘도 어제처럼 불길하다
죽은 나무에 이끼가 파랗게 자랐다

암벽에 갇힌 듯 빗발 속의 어둠은
죽음의 그림자를 던져놓는다

늪에 빠져 허우적거리다
순식간에 악어에게 물려 버둥거리는

사슴의 눈이 떨고 있다

굶주린 광기의 순간
악어는 살의를 숨긴다

죽음이 도사리고 있는 늪에 빠지면
아무리 발버둥쳐도 살아남지 못한다

아마존은 생존의 투쟁
죽음을 알면서도 건너야 하는 늪에
악어가 살고 있다

글루미 선데이

듣지 못할 이야기를 들려주며
피아노의 선율은 흐르고 있었어

비대해져 가는 욕망의 바다
별을 헤던 이는 눈이 멀었고
숲은 폐허가 되어버렸어
혁명은 갈갈이 찢기거나 목이 잘려 나갔지
때로 사실과 진실은 너무나 달랐어
사실은 사실대로 읽혀지지만
진실은 눈부신 태양과도 같아서
차마 마주 볼 수가 없었어
어떤 진실은 황급히 감금되기도 했어

피아노의 선율은 피를 토하며
다뉴브강으로 뛰어들었어
넘실대는 물결 위로
피아노의 선율도 따라 흘렀어

차마 들을 수 없는
이야기를 들려주면서…

* '글루미 선데이'는 1933년 헝가리에서 발표된 노래 제목으로 이
노래는 듣는 사람마다 자살하여 '자살의 찬가'로 알려짐. 이 노래에
얽힌 실화를 소재로 한 소설 '우울한 일요일의 노래'를 각색해서 만
든 동명의 영화가 있음.

저주받은 자들의 밤

이미 오래전에 추방당하고
저주받은 그들은
그러나 결코 죽지 않는다

그들은 매일 밤 시커면 땅거미가
내려앉은 들판에서 축제를 연다
빛으로 만든 포도주를 마시며
죽음을 노래한다

오르페우스*가 연주를 한다
리라 소리는 울려퍼지고
디오니소스*는 광기의 세례를 준다
그들은 취해 머리를
나무기둥에 처박거나
날카로운 돌멩이로
발목을 찍어댄다
발목에서 피가 흐른다
핏물이 온 들판을 불태운다

\>
광기의 세례는 그들을
죽음으로 이끈다
알싸하게 달콤한 죽음

세상은 그들에게 돌을
던지거나 야유를 퍼붓는다
미치광이라고 소리친다
그리스도의 세례만이
참된 세례라고 말한다

그러나 그들은 알고 있다
그들을 추방하고 저주한
세상의 악을, 그 맹독성을

하여 그들은 오늘밤도
빛의 포도주를 마신다
광기의 세례를 받는다

매일 밤 죽었다 살고
죽었다 또 다시 사는

죽음의 노래를 부르고 또 부른다

* 오르페우스 : 그리스신화에 나오는 음유시인, 리라의 명수.
* 디오니소스 : 그리스신화에 나오는 술의 신.

경계境界

물과 불 사이에는
결코 이을 수 없는
간극間隙이 있는 줄로만
알았다

하루가 가고 이틀이 가고
간극은 경계가 되어
장미가시의 벽을
완고히 지탱하고 있었다

그러나
기쁨이면서 슬픔이고
즐거움이면서 고통이며
삶이면서 죽음이기도 한
사랑에는 경계가 없음을

되돌아갈 수 없는
지점에 이르러서야
비로소 알게 되었다

pm 12시

자정이 다가오면 초침 소리가 초조해진다
매화 핀 가지를 기어오르는 고양이 발걸음처럼
모두가 지쳐 잠든 어둠속에서
제 몸의 뛰는 맥박을 짚어보고 있다

욕망에 쫓긴 하루가
길고 무거운 초침에 매달린다
사라지는 시간과 다가오는 시간이
서로 외면하고 교차한다
나는 어제의 내가 아닌 나에게 돌아간다

돌이키지 못하는 시간들은
희뿌연 안개처럼 사라지고
다시 태어나는 시간들은
눈부신 햇살처럼 멀리 퍼져나간다

사멸하는 빛과 탄생하는 어둠
어제와 같은 오늘이 길게 늘어나

장의행렬을 이루고 있다

내 몸속으로 별똥별이 떨어진다
서로 다른 두 개의 손이
산 것 같지 않은 단 하루의 시간 위에서
지난날을 돌아보며
다시 만나고 있다

가면무도

사랑한다고 말하지 마라

소나기 받쳐주던 우산도
풀밭을 사뿐거리던 나비도
당신 것이었던 적이
단 한순간도 없었다

때때로 당신은 들개처럼
시퍼렇게 멍이 든
밤을 짖어대기도 하고
뜨거운 저수지를
낚아올리기도 하였으나

고양이만 가르릉거리는
텅빈 무대만 남았다

밤은 가고 아침이 와도
내일은 또 다시 삼켜지고

추락에는 밑바닥이 없으리니

그대여
사랑했다고 말하지 마라

테라스에 갇힌 화이트 크리스마스

길은 어디에나 널렸지만
네게로 가는 길은 찾을 수가 없어

자신의 테라스만이 천국인
거인처럼 문을 닫아 건

너의 새하얀 몸은 세상 거울을
다 빨아들여 눈부시고

너의 목소리는 수정
징소리처럼 맑고 깊어

이마는 겸손하게 피어나지만
스스로를 매혹해

아이는 돌을 던져 창문을 깨부수거나
장미 가시 뒤덮인
교회당 벽을 기어오르기도 했어

\>

거리에선 캐롤송이 넘쳐 흐르고
휘황찬란한 쇼윈도 앞에선
자선냄비가 시커먼 입을 벌리고 있었어

아이가 구세군을 보고 머뭇거리자
엄마는 모르는 척 아이의 손을
끌어당기며 스쳐 지나갈 뿐

어쨌거나 성탄절 인사는 잊지 않았어
만나는 사람마다 예의바르게
메리 크리스마스!

뜨겁거나 혹은 차거나

목 깁스란 별명을 가진 강이
박을 끌고 간 식당에선

사람들은 연이어
축배의 잔을 들고

무조건 달려갈 거야~
누군가는 뽕짝을 불러댄다

우물처럼 깊은 눈동자,
박은 무거운 그림자를
등에 지고 서둘러 자리를 뜬다

박이 슬그머니 나가자
강이 따라 나선다

이건 비밀인데 말이지
내겐 아들이 넷이나 있다네

인생 뭐 있나
뜨겁지 못할 바엔 차라리 찬 게 좋아
그래서 말일세
나는 차갑기를 택했다네

강은 박의 어깨를
툭 치곤 홀연히 사라졌다
목 깁스 강의 말이

순식간에 겨울강을 박차고
하늘로 오르는 고니마냥
박의 가슴판에 박힌다

서릿발같이 완강한
박의 등이 순간 움찔,
무장 해제된다

소년에게

소년아 노래를 불러다오
눈먼 자의 울음이 너를 적실 때면
어디라도 내달리며 불러다오
순환도로를 질주하며 불러다오

세상의 집들은 어둠속에 갇혔다
둥지 잃은 새들은 어지러이 날고 있다
찰싹이며 차오르는 햇살처럼
어둠의 벽을 무너뜨리고 소년아
해사한 빛살로 비추어다오

영원하지 않으리란 걸 알지만
찰나에 사라질 빛살이라 해도
언젠가는 잊혀질 가락이라 해도
이제는 소년아 지금은 소년아
밤하늘을 가르며 불러다오

창공을 향해 솟구치는 새처럼

의식의 알을 깨고 나와서 소년아
네가 부를 노래
네가 불러야만 할 노래

너의 노래를 불러다오
너의 노래를 들려다오

장미의 시간

나를 위해 슬퍼하지 마세요
겨울은 겨울이라 추웠던 거예요
지나간 게 다 지나간 건 아니에요
기억이 있는 만큼 어제는 남구요
오늘은 또 내일과 함께 있어요

소소리바람이 불어와요
이파리들은 살짝기 몸을 떨어요
장미는 봉긋한 입술을 달싹거리죠
사랑에 취한 나비는 날개를 접고요
눈길마다 풀내음이 흩날리지만요

지구 저편에서는 아직도
시커먼 연기가 뿜어나와요
무너진 건물 앞 깡마른 나무는
퀭한 눈으로 하늘을 보죠
코에서는 고름이 흘러내려요

거센 폭풍우는 잠들었지만요
언제 또 닥칠지는 아무도 모르죠
다만 오늘은 오늘을 살아야 해요
부디 나를 두고 맹세하지 마세요
'정월 스무날'은 어디에고 있으니까요

표류하는 자유혼의 미학

유종인
(시인 · 문학평론가)

있지 않은 그 무엇, 그러나 꼭 있어야만 할 것만 같은 그 무엇에의 갈급함이 일회적인 시간의 흐름에 겹의 시간을 낳는다. 홑겹의 시간을 겹의 시간으로 중층을 이루게 하는 것은 무엇인가. 범박하게 그리움이라든가 숱한 욕망이라든가 뭉뚱그릴 수는 있지만, 그보다 좀 더 근원적인 것에 눈길을 돌리면 거기에 에덴의 동쪽을 잃어버린 인간의 자유의지(free will)가 웅숭깊게 자리하고 있지나 않은가. 그러기에 삶의 도처에서 마주하는 여러 번민의 여줄가리들도 그 대부분은 자기 정체성(identity)에 대한 고민과 그 자유로움의 확보라는 딜레마에 초점을 맞춰가는 형국이다.

한 곳에 붙박인 식물의 고된 직립이 야생의 산야와 평원을 활보하는 짐승의 심장을 품었을 때 그 초목은 온갖

것들을 그윽하게 부르거나 부릴 요량을 정서적으로 담보하게 된다. 야생의 자유는 본능적인 방편인 듯하고 죽음은 그 숨탄것들의 자유를 옭죄는 불안의 심리기제로 다양한 욕망의 감각과 관념들을 반대급부처럼 갹출(醵出)해내는 듯하다. 그럴 때 부재(不在)와 혼돈(chaos)에 대한 자각은 이런 시적 존재가 스스로를 옹립해 가는 데 있어서의 하나의 화수분 역할을 도모한다.

저한테 있지 않은 그 무엇을 제 안에 깃들게 하는 분방한 노력들로 그 초목은 야생동물을 닮아가듯이, 시인은 그렇게 자신의 내재적 갈망의 원천을 현실의 다양한 시공간 속에서 발굴해나가는 표류하는 응시의 유랑자가 되길 자처한 듯하다. 삶과 죽음이 서로 격절된 상황이 아니라 발열하듯 부풀고 또 냉각되듯 한데 엉겨 붙는 그런 연동(連動)의 실존적 현황으로 화자 앞에 이미 만연해 있다.

이정화 시인의 시적 지향은 관습적으로 혹은 선험적(先驗的)으로 횡행하는 세속의 생존 법칙만을 추수하지 않고 존재의 주변에 혹은 그 주체의 내면에 포진한 다양한 갈등과 갈망이자 혼돈의 요소들을 주목하는 데서 우선 출발한다. 무엇이 이토록 우리들을 기껍게 살게 하고 또 시르죽듯 병들게 하고 종내 암암히 죽게 하는가,라는 원초적인 질문의 바탕을 통해 실존적 물음이 지향하는 바를 응시하는 고전적 의미의 시인상(詩人像)도 겸하고 있다. 그런 시적 주체의 현실적 인식 바탕 위에 시인은 절절하게 그리고 늡늡하게 대상 세계의 이면(裏面)과 그 내밀한

비의(祕意)를 포섭하는 데 열렬하다. 그런 보편적이면서도 본원적인 존재의 딜레마를 시적 뉘앙스로 재장구치듯 파악해 내는 면면(面面)들이 그의 시를 가일층 열려 있게 한다.

> 듣지 못할 이야기를 들려주며
> 피아노의 선율은 흐르고 있었어
>
> 비대해져 가는 욕망의 바다
> 별을 헤던 이는 눈이 멀었고
> 숲은 폐허가 되어버렸어
> 혁명은 갈갈이 찢기거나 목이 잘려 나갔지
> 때로 사실과 진실은 너무나 달랐어
> 사실은 사실대로 읽혀지지만
> 진실은 눈부신 태양과도 같아서
> 차마 마주볼 수가 없었어
> 어떤 진실은 황급히 감금되기도 했어
>
> 피아노의 선율은 피를 토하며
> 다뉴브강으로 뛰어들었어
> 넘실대는 물결 위로
> 피아노의 선율도 따라 흘렀어
>
> —「글루미 선데이」부분

세계의 불확실성과 인간 내면의 다양한 불안심리 같은 복합성(complex)이 자아내는 죽음의 경향은 흔히 자살교향곡이라고 불리는 이 '글루미 선데이(Gloomy Sunday)' 현상에서 극명하면서도 모호한 양상으로 대두된다. 긍정적인 세계관의 결핍이나 염세적인 경향들로 인해 세상은 '비대해져 가는 욕망의 바다'로 치부되고 순정한 영혼을 가진 '별을 헤던 이들은 눈이 멀었고/ 숲은 폐허'가 되고 만다. 또 전복적인 세계 개혁의 의지인 '혁명은 갈가리 찢기거나 목이 잘려 나'가는 암울한 상황에 처해지고 만다. 이렇듯 '차마 마주볼 수가 없'는 참혹한 심정 속에서 '어떤 진실은 황급히 감금되기'도 하는 절망을 목도하기도 한다.

　　이런 비관적인 전망과 감정이 극에 달했을 때 선택하게 되는 죽음의 자의적(恣意的) 선택은 세계의 불안정성과 존재의 황폐함을 반대급부로 드러나는 불온함의 극단적인 현상으로 바라볼 수 있다. 직접적인 공모나 연계가 있지는 않았지만 비탄의 송가(頌歌)를 매개로 '다뉴브강으로 뛰어'드는 자살의 광범위한 확산은 '공감의 동반자살(double suicide)'이라 부를 수 있지 않을까. 그 '피아노의 선율'의 매혹적 그리고 악마적 주술성과 예술성의 이면에는 '표류하는 존재'라고 그 자살 실행자들을 나름의 철학적 규정으로 부를 수도 있겠다. 여기서 시인은 '넘실대는 물결'이라는 죽음의 직면이 상존하는 현장과 '피를 토하'는 '피아노 선율'로 대표되는 예술적 매혹의 심연(深

淵)이 하나로 갈마드는 표류의 현실을 보아내고 있다는
점이 유의미한 성찰이 아닐 수 없다.

        하얀 파도 처박힌다 모래 둔덕에

        박히면서 부서진다 토막이 난다

        하얀 입술 잘리면서 스러져 간다

        생을 느낄 시간조차 너무나 짧아

        죽어가며 소리친다 외마디 비명

        저어기 저 검은 바위 쑤셔 박힌다

        이리 뒤척 저리 뒤척 몸부림쳐도

        제 몸속에 새겨지는 퍼런 문신을

        혼자서는 포박된 생 어쩌지 못해

        갈매기도 질러대네 단발마 비명
                              ―「비명」 전문

앞서 말한 표류하는 존재로서의 삶이란 '생을 느낄 시간조차 너무나 짧아'서 그 비탄과 안타까움의 '외마디 비명'조차 아까울 지경인지도 모른다. 그러나 화자는 그런 절체절명의 생존과 절명이 교차하는 현실을 생생이 인식함으로써 '제 몸속에 새겨지는 퍼런 문신'을 받아 안게 되는데, 이것이 바로 예술적 전환의 질료(質料)이자 시적 아우라(aura)로 가는 일종의 자의식(self-awareness)의 발로이자 그 확장일 수 있다는 점이다. 그런 의미에서 '비명'은 고통과 참담함의 생물학적인 반응체계의 일부이지만 단지 여기에만 머물지 않고 시적 긴장과 그 인식의 고조(高潮)를 견인하는 이정화 시인의 시적 몸부림과 연계되는 접점이지 않을까 싶다.

　　어쩌면 '단말마 비명'과 일상의 무료한 적막은 시인이 존재의 현실을 우선 대척적으로 가장 극명하게 바라보는 감각적 인식의 두 양상일 수 있다. 즉 '포박된 생'을 살면서도 그걸 느끼지 못한다면 그것만큼 비탄스럽고 무기력한 삶이 없듯이 '갈매기도 질러대'는 그 '비명'이야말로 시인이 불온한 현실을 향해 행할 수 있는 실존의 함포(艦砲)소리 같은 것인지도 모른다. 이는 비명이라는 절망적인 존재의 포즈나 고통에 대한 본능적인 반응에 한정하지 않고 급기야는 시인에게 있어 자기 존재의 표류 지점 같은 현황을 특정하게 하는 일종의 존재 진단의 게이지(gage) 역할을 수행하기에 이른다.

밤이 하늘을 스케치한다

밤하늘은 별들의 묘지
새까만 묘지에 묻혀
더욱 반짝이는 섬
헐떡거리는 숨결처럼
노랗게 질린 섬, 섬들

죽고 나서야 비로소
자유로워진 살덩이

죽은 자들의 영혼은
플랑크타이처럼
밤바다를 떠돈다
웅웅거리며
은하수를 썼다 지운다

첨탑의 꼭대기에 서서
제를 올리자
비에드마 빙하의 바람이
하얀 이마를 날쌔게 할퀴고
지나가며 뒤돌아본다

                          — 「플랑크타이」 전문

'플랑크타이'는 그리스신화에 나오는 '표류하는 바위(Wandering Rocks)'를 지칭한다. 이 표류의 개념은 사회적 정서와 시적 정서, 그리고 신화적 정의(定義)가 각기 다른 뉘앙스를 내포하며 화자의 삶에 대한 혹은 죽음의 내생(來生)에 대한 나름의 오의(奧義)를 형성하는 여행지의 풍광으로 도드라진다. 그런데 여기서 재밌는 것은 '바위'라는 고정물의 어휘와 그것을 수식하는 '표류하는'이라는 용언의 결합이 주는 뉘앙스에 주목할 필요가 있어 보인다. 일단은 대비적인 비대칭적인 수식(修飾)과 피수식(被修飾)의 구절이기 때문이다. 그러나 그런 고정물의 이미지가 완연한 바위가 신화적 설정을 통해 표류물로 전환되는 순간에 기존의 바위의 이미지는 그 속박과 세속적인 안정과 타성의 굴레를 벗고 새뜻한 실존의 방향을 찾아나서는 의지적인 사물로 환골탈태하는 듯하다.

시인은 '죽고 나서야 비로소/ 자유로워진 살덩이'라고 삶의 시간에는 자유의 여지(餘地)가 희박한 듯한 느낌을 풍기지만 그 언술의 방점은 오히려 죽음 쪽이라기보다는 현생(現生)의 삶 쪽에 더 무게중심을 두는 게 온당하고 자연스러워 보인다. 왜냐면 이 시편에서 숱한 죽음의 언술이 등장하지만 그 죽음에의 언급은 오히려 삶의 옹호를 향한 현실의 좌표를 퉁기고 바로 찾아 세우기 위한 생(生)의 의지가 더 완연하기 때문이다. 그만큼 안온하고 관성적인 기성의 시각이나 해법만으로 절실하게 파악되고 개

척되는 자유를 획득하기 어렵다는 반증이기도 하다. 그런 의미에서 '비에드마 빙하의 바람이/ 하얀 이마를 날쌔게 할퀴고/ 지나가'는 냉혹하고 엄혹한 현실을 표류하는 존재만이 진정한 실존의 좌표와 자유의 임계점(臨界點)에 다다를 수 있다는 가능성을 시사하는 것이 아닐까.

> 묵언으로 수평선을 등지고 올라간다 성산일출봉 아래 논밭이 초록보자기처럼 엎드렸다 바람이 갖가지 난고처럼 억새를 흔든다 파란 물결이 몰려온다
> 억새 사이에 치솟은 하얀 들국화가 환하다 분화구에 동전을 던져넣은 사람이 꽃잎처럼 공손히 두 손을 모은다 거친 바람이 파도처럼 몰려와 자지러진다 뛰멍 보멍 올라가다 보면 멀리 있는 우도가 수묵으로 뜬다 미역냄새 같은 비릿한 바람이 가슴을 파고든다 낯선 이에게 묵언으로 대답하는 곳 길들여지지 않은 야생마가 뛰고 있다 하늘에서 바다로 빛줄기가 쏟아진다
>
> ―「제주 오름 명상」부분

자발적 함의(含意)가 곁들여진 의미로서의 표류의 개념은 이제 이정화 시인에게 있어 존재의 다양한 행보와 거기에서 감수(感受)되는 시적 풍경들로 인해 그야말로 표류의 자발적 결행이 아니면 모을 수 없는 끌밋한 '명상'의 절경들을 거느리기에 이른다. 그것은 일반적인 표류의 바다의 경우에서만이 아니라 오히려 '수평선을 등지고 올

라'가는 이상한 등반의 호젓함의 재미를 마주한다. 또 '분화구에 동전을 던져넣은 사람이 꽃잎처럼 공손히 두 손을 모'으는 광경을 심오한 눈길로 바라보는, 그 자발적 표류 속에 세계 내적(內的)인 특출한 풍광과 풍속을 명상적 포즈로 온축(蘊蓄)하는 수순을 밟기도 한다.

어쩌면 표류와 '명상(瞑想)'은 대척적인 본질을 가지고 있는 행위나 현상으로 표면화할 수도 있겠으나 이를 좀 더 다른 측면인 '자발적 표류자의 처신(處身)'의 견지에서 보면 '명상'은 새로운 실존적 좌표를 궁구하는 함의가 있다 하겠다. 이런 자발적 표류자의 늡늡해진 눈길에 '멀리 있는 우도가 수묵으로' 뜨는 광경은 그 자체로 외계(外界)의 풍경이 내면에 가만한 깨달음의 절경으로 그 임리(淋漓)한 수묵(水墨)의 정취를 돋우는 일이 아니겠는가. 이는 표류자가 숱한 헤맴의 곤경과 좌절 속에서 문득 마주하는 순간적인 자유와 평화의 소요(逍遙)에 갈음하는 지경임이 자명하다. 사전적인 의미를 굳이 끌어보면 '마음의 고통에서 벗어나 아무런 왜곡 없는 순수한 마음 상태로 돌아가는 것을 초월(transcendence)이라 하며 이를 실천하려는 것이 명상(meditation)'이라고 풀이하듯이 이런 규정을 좀 더 오지랖 넓게 끌어오자면 자발적 표류자의 속종 또한 명상의 여줄가리와 크게 변별할 것이 없다는 점이다. 그런데 이 대목에서 흥미롭게 보이는 것은 그 자발적 표류의 여줄가리든 여행 중의 소슬한 명상이든 그 수행의 전제가 '묵언으로' 진행된다는 사실이다. 묵언(默言)은 그야말로 어쩌면 가장 적극적인 표류자의 욕망이 극진하게 혹은 핍진하게 가닿고 싶은 그 실천적 좌표 찾기의 내면적 수단이기도 하다. 그럴 때 시인의 눈길은 '말하지 않고 보여주기'라는 시적 묘사의 위의(威儀) 속에 자발적 표류와 명상의 삼매(三昧)를 갈마드는 지경을 엿볼 수도 있을 것이다. 이는 '야생마가 뛰고' 더불어 '하늘에서 빛줄기가 바다로 쏟아'지는 기운생동(氣韻生動)의 한 경승(景勝)에 가까이 다가든 고된 여정 끝의 시적 광휘로 볼 수 있으리라.

> 바람은 연보랏빛 갈망이지
>
> 각시붓꽃처럼 터져 나오는 그리움이지
>
> 흔들리고 싶지 않지만 흔들리게 되는 미움이지
>
> 마침표를 찍고 싶어도 말줄임표가 되고 마는
>
> 그대의 황망한 그림자인 게지
>
> —「바람」전문

　단숨에 끝마칠 수 없는 이런 시적 광휘(光輝)를 향한 끌림과 모색은 세상에 내던져진 조난당한 부조리한 존재가 그 자신을 화두로 삼아 그 자발적 표류의 심정을 강화하고 확장하는 냅뜰성을 돈독히 하는 계기로 삼는다. 그걸

서정적으로 갈파할 때 우리는 바람에 '연보랏빛 갈망'을 감정이입하기에 이르고 '흔들리고 싶지 않지만 흔들리게 되는 미움'을 심리적 거리로 두면서 능늠한 마음으로 완충하거나 상쇄하기에 이른다. 스스로 능동적으로 결행하는 표류의 행각 속에 '각시붓꽃처럼 터져 나오는 그리움'이 왜 없겠는가. 그 그리움의 깊이와 넓이로 먼 길 가까이 가는 마음이 쉬 지치지 않을 수 있을 것이며 가까운 길은 살뜰히 보듬고 살피면서 가는 원행(遠行)이 아닐 수 없다.

비록 여기에 없는 것들과 그걸 간원(懇願)하는 존재의 욕망이며 갈망을 다독이다보면 '마침표를 찍고 싶어도 말줄임표가 되고 마는' 무한한 실존적 추구가 있게 마련이다. 그러한 바람은 던적스러운 것만은 아니어서 소소한 일상의 순례 속에도 얼마든 갈마들어 있다. 자기 자신과 더불어 나아가는 길, 단독자적인 표류인 듯도 하나 이미 그 속에는 무수한 외계(外界)의 사물과 숨탄것들, 유무형의 관계들이 손을 잡고 그림자를 겹치고 무의식의 어깨를 겯고 같이 가는 길이다. 홀로인 듯 여럿이 가는 이 표류의 항적(抗敵)은 그래서 수많은 심연의 귀 기울임을 동반하기에 이른다. 시인의 감각은 그래서 홀로 여럿을 깨우고 깊이와 넓이를 은연중에 지향하는 바가 없지 않다. 그 너른 웅숭깊음은 표류의 결행이 단순한 좌초(坐礁)의 존재를 넘어 그 자신이 좌표(coordinate)의 존재로 전환되어 나아가는 정신적 기초를 다지는 일과 같다.

얼어붙은 폭포에는 소리가 없다
누가 엎드려 물소리를 듣는가
절망한 귀의 저 어두운 눈빛
낙하하는 것들이 다시
날갯짓을 꿈꾸고 있다

단호한 결의로 뛰어내리던 직립의 힘은
이제 침묵으로 소리치는가
천만 갈래의 찢어진 소리들이
허옇게 이를 악물고
절벽에 걸려 있다

무리를 지어 주위를 제압하던 함성
얼음은 얼어 터지면서 쩡 쩡 소리를 낸다
흐르지 못하는 소리는
근원을 알 수 없는 물처럼 깊어지다가
어둠속에서 한 발짝씩 금이 간다

면벽수행자여
단식 묵언으로 얼음을 꿰뚫어라
소리없이 수직으로 떨어지는 소리들을 끌어당겨
천상까지 높다랗게 얼음기둥을 세우라
                            ─「겨울 직소폭포」 전문

일반적인 의미의 표류가 외부적인 강제력에 의해 원하지 않는 방향이나 상황으로 내몰린 존재의 불가피성을 드러내는 방식이라면, 이정화의 시적 정의에 따른 표류의 뉘앙스(nuance)는 앞서 말한 자발성(自發性)과 모종의 탐구력, 그리고 자신의 처한 상황에 대한 치열한 응시 등의 심리적 결기를 갖거나 돋우고 있다. 이는 표류의 심상(心象)이 곧 존재의 자유를 결박하는 여러 악무한적(惡無限的) 현실요소 등에 대응하는 시인의 치열한 자유의지의 소산과도 직결되기 때문이다. 그럴 때 시인은 '절망한 귀의 저 어두운 눈빛'으로 곤고함에 처한 냉혹한 상황에서 '낙하하는 것들이 다시/ 날갯짓을 꿈꾸'는 능동적인 활기를 도모한다. 물론 녹록치 않은 상황은 쉽게 타결되거나 관념적 이해만으로 상황이 해결되지는 않는다. 오히려 '천만 갈래의 찢어진 소리들이/ 허옇게 이를 악물고/ 절벽에 걸'린 모종의 정체(停滯)된 분위기로 더욱 엄혹하고 강팍해진 현실을 상징하기도 한다. 쉽게 그리고 안이하게 존재의 난맥상이 풀리지는 않는다. 이게 솔직한 현실인 경우가 허다하다. 그러나 표류하는 영혼과 그 심장은 몬존하게 좌절하거나 체념에 마냥 발을 빠뜨리고 있을 수만은 없다. 화자가 바라는 표류의 진정성은 앞서 말한 궁구하는 열정의 도가니에 심혈을 달궈 정체된 상황에 균열을 내는 것이기 때문이다.

'얼음'으로 비유되는 정체되고 고착화된 현실에 모종의 활기와 활로를 모색하는 것은 바로 '어둠속에서 한발짝씩 금이' 가는 일상의 존재에 균열을 내는 일에 동참하는 것이다. 그야말로 폭포수의 깊어진 소리를 다시 되찾는 일은 아이러니하게도 그 얼음 폭포 자신에 '금(cleavage)'을 내는 자발적 분열을 획책하는 결기와 결행에 있다. 이는 곧 실존적 표류의 형식이 이처럼 가혹한 자기 파괴의 감행을 통한 자기갱신을 도모하는 일과 일정한 연관성을 갖고 있음을 의미하기도 한다. 또한 그런 치열한 표류의 진행자는 그 누구더라도 '묵언으로 얼음을 꿰뚫어' 가는 용맹정진의 기류를 함유하는 늠름한 자세이기도 하다. 앞서의 「제주 오름 명상」에서의 '묵언'과 그 상황 속에서의 동선(動線)은 차이가 있지만 내파(內破)하듯 궁구해가는 주체적 열정만은 같은 궤적을 선보인다.

    그대는 보았는가 저 빛의 물결들을

    주름진 얼굴에 휘어진 허리
    어매 등에 업혀 휘둥그레진 두 눈동자
    별안간 잿더미가 되어버린 책가방들
    밤하늘의 별처럼 거리를 수놓는다

    부패한 미소로 일관하는
    모른다는 말만 하는 앵무새처럼
    '도대체 이게 무슨 꼴이람?'
    황급히 떨어지며

지평선 뒤로 숨어버리는 석양

너희는 아느냐
부표 하나 없는 검은 바다를
홀로 표류하는 두려움을, 그 고통을

고통의 촛불 하나가 뻐얼건
빛의 물결을 이룬다
촛불은 거대한 횃불이 되어
광화문에서 서울로
서울에서 온 나라로
울려 울려 퍼지며
활활 불타오르는데

그대는 보았는가
저 빛의 물결들을

—「물결」전문

    실로 숱한 만상(萬象)의 결집이 큰 울림으로 지상을 북
편처럼 두드릴 때가 있다. 우리는 근래에 그런 전국민적
인 흐름을 주도했고 또 경험했다. 갈구하고 간원(懇願)하
는 바를 향한 '고통의 촛불 하나'가 모이고 모여 '빛의 물
결'로 장사진을 이루는 바다. 이는 '광화문에서 서울로/
서울에서 온 나라로' 번지듯 나아가는 민심의 총화(叢化)

이며 갈망하던 정신의 용솟음이자 그 결속된 정화(淨火)의 거대 물결이자 한결같은 촉구이자 간원인 셈이다. 이런 거대한 민심의 물결과 승화는 결국 시인이 자신의 내면적 방황과 혼탁한 세태 속에서의 자유의 로드맵 찾기로부터 발원한 바가 여실하다. 즉 '부표 하나 없는 검은 바다를/ 홀로 표류하는 두려'을 감내한 자만이 발견하는 자아(ego) 바깥의 집단지성(Collective Intelligence)과도 같은 또 다른 '거대한 자아(great self)'를 맛보게 되는 것이다. 시인은 그런 떨림과 반가움, 흥분 속에서 일종의 표류하는 영혼이 맞닥뜨린 황홀경(恍惚境)을 체험했는지도 모른다.

> 지구 저편에서는 아직도
> 시커먼 연기가 뿜어나와요
> 무너진 건물 앞 깡마른 나무는
> 퀭한 눈으로 하늘을 보죠
> 코에서는 고름이 흘러내려요
>
> 거센 폭풍우는 잠들었지만요
> 언제 또 닥칠지는 아무도 모르죠
> 다만 오늘은 오늘을 살아야 해요
> 부디 나를 두고 맹세하지 마세요
> '정월 스무날'은 어디에고 있으니까요
> ― 「장미의 시간」 부분

그러나 세상은, 아니 역사의 흉터와 아직도 지속되고 있는 현실의 비극은 '시커먼 연기를 뿜어'내고 있다. 여전히 지구의 숨탄것들 '코에서는 고름이 흘러'나오고 그러한 흉흉한 세태 속에서 '다만 오늘은 오늘을 살아야' 하는 부박한 현실이 횡행하기도 한다. 그래서 「장미의 시간」은 언뜻 평화의 발목을 잡히고 자유의 손목에 수갑이 채워지는 반어적(反語的)인 불길한 예감을 주는 시간일 수도 있다.

누구나 희망과 긍정을 맹세할 수 없는 갈등의 순간과 흔들리는 약속들이 생기게 마련이다. 그럴 때 자발적 표류자의 인식은 다시금 타협의 안착지에 머물기를 꺼리고 다시 길을 떠날 수밖에 없다. 진정한 표류의 정신은 안정이란 미명 아래 그 답보적 정주지(定住地)나 타협의 종착지를 만드는 것이 아니라 더 아득한 기항지(寄港地)를 염두에 둔 미명(未明)의 고통을 기꺼이 감수하려는 자발성에 있다. 안주하는 현실의 테두리를 더 확장하려는 자만이 위선의 장미를 꺾어 던지고 더 미려한 실존의 미학(美學)에 한 발 다가설 수 있다.

　　새 한 마리 얼씬거리지 않는
　　백색의 공간 속에 묶여 있는 사람들이
　　고집스럽게 버텨내는 근성이
　　바늘구멍만 한 시간을 통하여
　　제 몸의 응달진 곳에

　　　　칼금을 음각하고 있다

　　간난고초(艱難苦楚)의 시간은 '고집스럽게 버텨내는 근
성'으로 해서 나름의 인생의 오의(奧義)를 체득하는 통과
제의일 수 있다. 표류의 시간과 여정을 거두면 거기에 바
로 일상의 안락함과 익명성의 일탈이 주워지는 세속적인
자유도 물론 우리는 누리고 있다. 그러나 '새 한 마리 얼
씬거리지 않는' 고립무원의 절박한 속에서 제 몸과 마음
에 '바늘구멍만 한 시간을 통하여/제 몸의 응달진 곳에/
칼금을' 내는 일을 자처함이야말로 이 세계에 머무는 유
한한 존재인 우리가 우주적인 시야를 가지려는 통각(痛
覺)의 행려이자, 표류하는 자유인(free man)의 정서를 담
보하는 일인지도 모른다.

　　　　바깥이라는 말, 참 좋아
　　　　안이 아니면서 안을 품어주잖아
　　　　안에 무엇이 있건 감싸주거든
　　　　바깥에서 안을 보는 것도 그래
　　　　안에서 안을 보면 잘 보이겠냐구
　　　　바깥에서 안을 봐야 더 잘 보이지

　　　　'바깥'이라고 말을 한번 해봐
　　　　'안'은 안으로 웅얼거려지지만

'바깥'이라고 말을 하면 그 소리가
안을 돌아 나와 사방을 환하게 틔워주잖아
안에 갇힌 말들이 모두 튀어 나와서
하늘로 날아오를 것 같지 않아?

아하, 참말로 좋아 바깥이라는 말

　　　　　　　　　　　　 ―「바깥이라는 말」 전문

　진정한 자유인은-그런 혼(soul)의 결백과 결행은-몬존
하게 이기적 아성에 안주하지 않고 더 자주 자신의 안이
해진 '안'을 '바깥'에게 내어주는 용기와 결단을 일상화하
고 내면화하는 존재인지 모른다. 안일한 것을 거부하고
더 큰 바깥을 향해 나아가는 '안이 아니면서 안을 품어'주
고 '안에 무엇이 있건 감싸주'는 관대함을 그 마음바탕으
로 하는 것에서 시인은 '사방을 환하게 틔워 주'는 일종의
해방감을 직감한다. 이정화 시인에게 있어 자발적 표류의
결행은, 이런 몬존해진 안[內]의 세계를 허물고 터서 더
큰 바깥[外]의 세계로 연결짓고 화통하려는 무등(無等)의
자유에 육박하려는 도저한 시정신의 발로라고 하지 않을
수 없다. 굳이 안팎을 나누는 이유는, 그 시비를 가려 분
란의 소지를 키우자는 것도 아니고 오히려 안팎의 경계
를 열어서 진정한 자유의 결행에 언제든 합류하고 순행
할 수 있는 자유의 정신을 일상 속에 진작하려는 시인의
성정에서 비롯되지 않았을까 싶다.

닫히고 갇히려는 분별의 세력과 협량한 이데올로기와 결별하고 언제든 연결되고 소통되는 공유(共有)의 코스모폴리탄 같은 존재로 나아가려는 것, 일인칭의 개인적인 일탈과 방종을 자유라 하기 힘들 듯이 이제금 시인이 처한 세상은 다양한 관계망을 통해 난파된 죽음의 바다에서 화엄(華嚴)의 바다와 땅과 하늘로 나아가려는 분발심을 끌밋하게 열어나가고 있다. 그리하면 '참말로 좋'은 '바깥이라는 말'은 결코 '안'이라는 대칭적인 반대말까지 품고 녹여서 갈등과 반목을 불식시키고 오해와 증오를 풀어가는 즐거운 표류자의 화두(話頭)로 오롯하지 싶다. 표류하는 자에게만 자유는 더 웅숭깊고 새뜻하고 광활하게 틔어온다는 것을 시인은 매순간 그 삶을 통해 증거하는 견자(見者)이기 때문이다.

이정화 f3292@hanmail.net
부산 출생. 2013년 『심상』 신인상, 2014년 『월간문학』 신인상으로 등단.
단국대 대학원 문예창작과 석사.

곰곰나루시인선 012
각시붓꽃처럼 터져 나오는

초판 1쇄 인쇄 2020년 10월 15일
초판 1쇄 발행 2020년 10월 20일

지은이 이정화 **펴낸이** 임현경
책임편집 홍민석 **편집디자인** 육선민 **유튜브 편집** 김선민

펴낸곳 곰곰나루
출판등록 제2019-000052호 (2019년 9월 24일)
주소 서울특별시 양천구 목동서로 221 굿모닝탑 201동 605호 (목동)
전화 02-2649-0609
팩스 02-798-1131
전자우편 merdian6304@naver.com

ISBN 979-11-968502-7-2

책값 9,600원

· 이 도서의 국립중앙도서관 출판예정도서목록(CIP)은 서지정보유통지
원시스템 홈페이지(http://seoji.nl.go.kr)와 국가자료종합목록 구축시스
템(http://kolis-net.nl.go.kr)에서 이용하실 수 있습니다.
(CIP제어번호 : CIP2020042657)